亲历

Marie Dampoigne

Et ça, ça se met où ?

我怎么就不能在那里打工？

〔法〕玛丽·当布瓦涅 著

郭鑫 译

上海文艺出版社

目 录

您怎么会到这里工作的? 1

开工了,姑娘! 5

意外的耳光 7

新年快乐! 9

狗样的生活! 11

说别人等于说自己 15

怀旧? 19

我亲爱的同事们 23

从大卫到罗科 27

老式自慰 31

音乐响起来! 33

布波族 35

帝国反击战 39

脱节 41

小费 43

忠诚的战马 47

专业人士 49

鹦鹉 51

群体现象 55

违心出售的东西 59

自作自受? 63

囚犯	65
父母	69
祝你好胃口	71
叮叮当，叮叮当，铃儿响叮当	73
酒后吐真言？	77
淘汰	79
击球还是卡位？	83
家人之间，一切共享	85
嗓子疼	87
尴尬到家了	91
三人行？	93
售后服务	95
童年回忆被颠覆的那一天	97
一日不见……	101
SOS DVD	103
时令生鲜	107
多重职责	109
圣诞老人	111
眼神交流	115
似曾相识	117
常客	121
猫儿不在家……	125
"嗜血法医"	127
一搭一唱	131
以假乱真	133
结语	135
致谢	139

您怎么会到这里工作的？

每当被问起"您是店员？"，我总是爽朗地回答"是的"，有时略微有点不耐烦。

"呃，我是说，想象不出，像您这样的女孩会在情趣用品店上班！"

像我这样的女孩怎么就不能在情趣用品店上班？干这一行还有特定的外貌和品行标准不成？

会有这样的问题说明某些旧观念还是没有改变，人们习惯性地认为只有举止轻浮的女性才会在这种地方工作。太典型了。的确，毕加勒街区[1]一直都是那

---

1 巴黎著名的红灯区，红磨坊夜总会所在地。

样声名狼藉，要提升档次是不可能了。但在我眼里，它却有一种陈旧的美，真实的美。在这条令人忐忑的大街上，商贩、易装癖、跨性别者、普通路人、游客、寻找目标的扒手、变态、偷窥癖，各色人等来来往往，形成了一个相对和谐的世界。我呢，只是想在大学读书之余找份工作赚点饭钱。无奈投出的简历都石沉大海。这种种原因驱使我在一个夏日的晚上，迈进这里一家情趣用品店的大门。因为那家店花里胡哨的橱窗里像打马赛克似地杵着一块手写的牌子，上写"急聘女店员"。

"何不试试？"我寻思。若是一家弄堂小店，有个猥琐不堪的老板，大声播放着色情电影，我确实不敢问津。但如果是现在这样一家转门对着大马路的大商店，倒没准可以。

于是，我像一只撞向霓虹灯冷艳光芒的蛾子，走进敞开的自动门。

还不完全是店内，但已然不算店外。从这个灰色地带可以看到一排排满满当当的货架，上边整齐地摆放着五花八门的情趣用品。

人们谈笑，争执，招呼店员……跟其他商店没什么两样。

踏入店堂，迎接我的是保安拷问的目光。我结结巴巴地问他负责人是哪位。他的手指向一个三十来岁的男人。那人看着挺帅气，V形身材上宽下窄，脸上没一点胡茬，白T恤，牛仔裤，篮球鞋。我朝他走过去，一边把脑子里预设的挺着啤酒肚的变态老板形象抹得一干二净。他跟我打了个招呼，然后侧着耳朵仔细听我说明来意。他询问我的工作动机，问了我几个问题，旁敲侧击地评估我对商品的了解程度，我从容地一一作答。虽然算不上情趣玩具粉，但我很久以来就对它们充满了不可抑制的好奇，这一点似乎给他留下了好印象。

他要了我的联系方式，嘱咐我第二天带着简历和社保卡再来。

最后，他走到收银台后面，从那个用裸女打火机、阳具钥匙扣、乳房形状减压球等怪里怪气的东西塞得密不透风的堡垒里伸出手来，同我握手告别。

从这光怪陆离的世界中走出，我意识到，集体无意识中的情趣用品商店和现实还是有很大差别。

第二天见面时,他准备了一份格式合同。我递上简历,他走过场似的草草看了一遍。然后他交代了一些事项,其中一项关于上班时间,他需要我上晚班:18点到凌晨2点。

我答应了下来,并不清楚这个时间段的工作会有多难。他把合同从桌上滑到我面前建议我仔细阅读。我从头看到尾,没发现什么不对,便在最后一页下方签了字。

好了,我是他们一伙的了,至少在试用期内是这样。

他建议我立刻参加业务培训,由店内"销冠"亲自指点,我愉快地答应下来。莫嘉娜领着我一个货架一个货架地走,为我讲解各种产品、玩具和配饰。我发现了一些熟悉的品牌或玩具,但它们与店里数不清的商品相比简直不算什么。一小时工夫,我记下了数以千计的商品,有那么一瞬,一种晕乎乎的感觉占据了我的全身。告别了未来的同事,我兴奋地走上回家的路,脑子里满是对这场即将开始的社会大冒险的期待。

开工了,姑娘!

星期日,顾客稀稀拉拉,店员们为了争抢客户抢破了头。

一个男的,后边跟着一对青年男女,走进了店里。

一个同事冲过去迎接,然后把他们带到货架旁边开始介绍。我正好观察他们。那两个男的非常兴奋,对着一堆尺寸夸张的玩具哈哈大笑,手舞足蹈。姑娘一副在地狱里受罪的样子,把脸藏在一头棕色的长发后直叹气,拖着脚,当其中一人拿她开玩笑时骂骂咧咧。同事根据客户的要求推荐了几款产品。

领头的男的随便拿起一件走向收银台。他选中了一个带吸盘的超大号玩具。他在男青年的陪同下迅速结账付款，一边用眼睛寻找着那个姑娘。

姑娘走向他们，脸颊因生气或羞耻而涨得通红。这个玩具是送给她的生日礼物。那个男的——原来是她父亲——冲她甩了一句："行了，妞妞，你18岁了，是成年人了……好好干吧！"接着又是一阵下流的大笑。

姑娘羞愤难当，冲出店外，把礼物扔进排水沟转身就跑。两个白痴在后面一边追一边喊："喂，怎么啦，开个玩笑嘛……"

那天晚些时候，在我们这片人行道上站街的易装癖"姐们"得意扬扬地走进店里，手里是那盒之前被女孩扔掉的玩具。我对她讲述了这玩具的来历，她冷冷地答道："此之不幸彼之快乐。得嘞，我要开工了，回头见！"

意外的耳光

顾客令我着迷。不同年龄、不同阶层的人纷纷走进我的领地，我观察他们，尝试分析他们的态度、愿望和诉求。

一位上了年纪的女士走进店里。她头戴一顶毛线帽，全身用一件灰色长大衣裹得严严实实。她透过厚厚的近视镜片观察着面前五颜六色琳琅满目的货架。带着不解与好奇，她悄悄地走向仿真玩具区域。看到各种形状和颜色的产品，她瞪大了眼睛：粉的，黑的，黄的，小的，粗的，长的，带毛的（没错，有这样的），总之，应有尽有。一款放在货架高层的商品吸引了她。在好奇心的驱使下，她环顾左右，确定没人盯着她，便伸手去够。她吊起身子，胳膊伸到最长，踮起脚尖，指尖才刚刚够戳到那个东西。她想碰倒它，然后在它掉下来时接住。东西是掉下来了，遗憾的是没接住。软乎乎的玩具样品正好落在她脸上，发出啪的一声，之后砸向地面。她明显是吓了一跳，捂住脸颊，玩具恰好横在她的脚上。

"您还好吧女士，有没有伤到？"

她尴尬地看了看我，松开捂着脸颊的手，露出一道形状逼真的红印子。我费了好大劲才没笑出声，一边去捡地上的东西以分散注意力。

"您想看一下这个是吗？我可以拆一个新的给您看。"

"不了，今天看得够多了。"她厌烦地回答道。

她面无表情步履沉重地走向出口，随后消失在大街上。还好没出什么事，我松了一口气，不过还是在想，万一要找急救队的话该怎么解释……

所以说，好奇心是个坏毛病！

新年快乐！

午夜即将来临，这该死的一年总算要结束了。我从来不喜欢庆祝新年，更讨厌在新年前夜上班！

接班之前，我的上司跟我说了对大客流的担心，提醒我要做好晕头转向的准备。18点，我正式接班，店里情况看上去和平时没什么两样。时间渐渐过去，游客们离开了商店，都到克里奇大街上众多歌舞餐厅吃晚饭去了。

人流少了，只剩下一些形单影只而且已经喝高了的家伙。一个男的——他那瓶劣等酒留在了店门外，面目可憎，摇摇晃晃地向我走来。他在一个陈列架上扶了一下，碰掉了上头展示的玩具。他弯下身去捡，却怪叫着一头栽在方砖地上。我赶忙跑去扶他,看他有没有受伤。他感激地说"谢谢,年轻人",浓烈的威士忌酒味喷到我的脸上差点没把我熏晕过去。他试图与我沟通,瞎拼乱凑的单词组成一个超现实风格的句子,就像在玩"优雅尸体"[1]。我假装要干活,想尽量摆脱他的纠缠。然而这个家伙不太好对付。趁他在胡子底下叽里咕噜,我向正在收银台与顾客闲聊的上司投去了求助的目光。上司直觉敏锐,立刻明白了我的苦处,尤其明白这样我就没法好好干活了。

他马上使出我们摆脱讨厌鬼的绝招:"玛丽,去接电话!"

我趁机以工作为由跟酒鬼告辞,转身冲向收银台。他有些恼火地向门外走去,中途还踱到我身边喷着浓浓的酒气说:"回头见,年轻人,人生何处不相逢呢,嘿!"

---

[1] 超现实主义者发明的一种多人创作的语言与绘画游戏。参与者在创作时只凭自己的想法,而不考虑整体逻辑,故而得出的作品有种离奇、荒诞的效果。当时采用这一方法得出的第一句话以"**优雅尸体**"开头,后来便将之用作游戏名称。

狗样的生活!

我在店里遇到过一些麻烦的顾客,但他们全部加起来也赶不上这一个。

一对夫妇在店里逛了一阵。他们的身体被货架挡住,我只能看到两个头。女的短发,颜色花白,男的秃顶,只剩后脑勺那半圈头发。她不停地发号施令,却未见男的执行。

他们向我走来,一只杰克·罗素狸跑在他们前面,急不可耐地想要到我脚下看个究竟。我恍然大悟,那些严厉的"趴下"是对狗说的。

她请我帮她照看一下狗,他们要去试衣间试穿。看上去能暂时摆脱狗狗令丈夫很开心。妻子把狗链交到我手上，然后对狗狗说他们去去就回。虽然有点怀疑狗狗能否听懂，但想起自己也是这么对付家里的猫的，我就没把这份夸张的爱放在心上。我把狗链牢牢抓在手里，继续忙我的工作。

一位客人拦下我咨询一件玩具。我一边跟他讲解产品功能，一边拼命拽住狗狗，它似乎被我身后陈列架上的一件东西给吸引了。客人的注意力全都转移到了狗身上，根本不在乎我说什么。等我烦躁地把商品收回包装盒，转身再看，不由一声惊呼。

狗狗咬住了一件展示样品。我冲上去徒劳地想要把那玩意儿从它嘴里拽出来，可是它喉咙里发出的威胁的低吼令我发怵。巧的是，它恰好咬到了玩具的开关，于是那东西开始震动、旋转。狗狗见了这布满咬痕并因为沾满唾液而发亮的"蠕虫"有点发懵，我趁机一把抢下来放回抽屉。但狗链从我手中松脱了，狗狗撒开腿在货架之间没命狂奔。我担心被上司骂，赶忙去追。狡猾的小坏蛋在客人的腿缝间穿梭，偶尔还在地砖上打刺溜滑。

眼看就要追上，我俯身去捡被狗拖着乱转的狗链，结果脚下一绊，摔了个狗吃屎，被狗狗带着胜利的喜悦嘲笑似的瞥了一眼。我爬起来，也不知它去了哪儿，找来找去没找到。这时就看到它的女主人怒气冲冲地从楼梯上来。男的手里捧着一堆衣服，女的怀里抱着狗狗，像抱着受惊的婴儿一样。一会儿演喜剧，一会儿演悲剧，它可真厉害。

女主人怒斥我不够谨慎。她丈夫和我大眼瞪小眼，默不作声。最后我被她说烦了，把她家小子咬坏的玩具递给她看，建议她去找我的上司投诉。

丈夫一声不吭，只管盯着妻子递给他的那个沾满唾沫的玩具看，试着腾出一只手接过去。他妻子也不搭理我，转身便走，闲着的那只手拍着大腿喊她的丈夫。男人灰头土脸地跟上去，像一只犯了错误的狗。母狗乱叫，商队照过。

职业风险

我带一位客人到收银台结账,途经吸入剂展柜,他停下来看着里边各式各样的货品,跟我讲起他第一次使用这玩意的经历。那次聚会上大家都喝了很多。一个小瓶在人群中传递,大家轮流吸上一点。当这瓶兴奋液转到他手上时,他的朋友打趣道:"来呀,干杯!"完全不懂如何使用吸入剂,他没明白这是个玩笑,老实地仰头喝了一大口,又猛地吐了出来,被药水灼烧的舌苔火辣辣的。惊慌失措的朋友赶紧帮他漱口,好在最后没什么大碍。最后再说一句,这只是一种用来吸闻的制剂,绝对不是聚会成功的同义词。

说别人等于说自己

激动地"甩锅"几乎成了大多数顾客的必备技能。这些顾客心情紧张,他们对来到情趣用品店还有些羞羞答答,用"只是看看"当托词。可老要为自己辩解也怪累人的。

有这么几种人:

● **有勇气,没胆量**

他们有种怪异的双重性,会招呼店员,但又不说明具体想要什么,没完没了地让店员玩猜谜。

这种人以女性居多，往往是来买色情片的。一位女顾客在DVD区漫无目的地转悠，于是我朝她走过去。她看上去慌了神，连忙辩解："不是给我自己买，是给我邻居的嫂子。"这种借口我听得多了，权当她说的是真话，尽可能地做好导购。她明确的需求和发亮的眼神出卖了她。最后，她带着战利品放松地离开了。

● **谎言菜鸟**

他们的大胆令我着迷，尤其当他们还是常客。有三到四次，我经手卖给一个电影演员一些情趣道具。显然，比起扮演一个著名漫画人物，他更喜欢那些穿皮衣、塞住嘴的角色。因为采购而过于紧张，他根本记不住接待他的店员，所以每次都对我重复一句话："这是拍电影用的。"

作为一个电影发烧友，我大着胆子询问他有关这部劲爆大片的拍摄细节。这时，他就开始语无伦次、结结巴巴、扯东扯西——露馅了嘿！

● **不承认，不过……**

　　这一类几乎清一色为男性，通常热衷于前列腺快感，但总觉得有必要向接待他们的店员强调自己的雄性气概。

　　因而前列腺刺激仪专架是个极其神秘的地方。我走近一位正在查看某款前列腺刺激仪产品标签的顾客。我的到来把他惊得一哆嗦，拿在手里的玩具差点掉落在地。我提出为他介绍一下那款玩具，但他似乎有点后悔，匆忙把它放回原处，连声对我说："不用，不用。我不是同性恋。"虽然我尽力想让他明白，性取向同每个人的性欲一点关系都没有，但他还是谨慎地走向了其他货架。我远远地关注着他。只见他买了几个不起眼的小玩意——虚晃一枪——然后冲向前列腺专架，抓起他的硅胶猎物，像野兔一样撒腿跑向收银台。

　　我完全理解人们在情趣用品商店购物时的不安。我经常把这个同看病相比。你身上有些病痛，而且刚好是在一个难以言说的部位；上网查了一下以后，你觉得有必要去看医生。面对白大褂,你有点害羞,不过为了健康着想,还是会豁出去。把"医生"替换成"情趣用品店",还有什么想不通呢。店员所做的就是在给你查症状、作诊断、开处方。上情趣用品店购物有点像使用栓剂:最开始不舒服,但之后就轻松了。

怀旧？

情趣用品店必须跟上时代。从业者希望能够吸引更时尚、更精致的客户群体，那么就要做出一些牺牲，比如取消观影室。

观影室是些肮脏的格子间，顾客可以在那里点播色情片。机制很简单：买一张会员卡充值，一定金额对应一定的观影时长。

充值后，就可以躲进那个仅有几平方米大小，充满汗臭和其他令人作呕的体味的小房间笃悠悠地让自己爽一下了。

格子间近乎完美的私密性招来了各种可疑人物，令顾客和店员不胜其扰。嫖客和妓女毫不见外地把这里当作接客点。打炮屋，吸毒角，民宿，这些小房间变得过于"多功能"，以至于管理层决定把它们彻底关闭。此后，我可以作证，天天都有人问我我们的观影室在哪里。

受够了老有人问起这些神秘的格子间，我向几个老员工打听了一点往事。其中一个以前负责打扫观影室。他记得有次一个男的上了小房间，手里拿着一个巨大的塞子和一瓶润滑剂。时间一点点过去，那位一直没出来。一小时后，我的同事有点担心，于是隔着门询问他的情况。他总算出来了，做着怪相，步履蹒跚地向外挪。同事陪他一起走到门口。这时，他把剩下的润滑剂送给我同事，一边扶着自己的屁股说"哎呦喂，我不知道那些人是怎么做到的"，一边拖着脚走掉了。

我大笑着请同事再讲一个故事。

那是一个周六的夜班，已过凌晨两点，一对男女来到店里。男的醉了，女的也没好到哪儿去。他俩的爱意似乎由血液里的酒精浓度所左右。他们在店堂中央狂热地接吻。女人鲜红的唇膏印到了男人沾了红酒变得发紫的嘴唇上。

男人急不可耐地给卡片充值,然后拖着他的搭子进了观影室。

几分钟后,店里沉闷的氛围被一声刺耳的尖叫打破,紧接着从楼梯上传来一阵急促的脚步声。是那个男的,面色苍白。尽管喝得烂醉,但靠着不知哪来的力气,他嚎叫着向外跑去:"她长了鸡——鸡——!"

经典语录

您需要咨询吗?
不用不用,我熟。
(……)
可……

不是给我自己的,是给一个闺蜜的。

多少钱?

请问有"试用间"吗?

我亲爱的同事们

● 圣殿守护者

这个男人是真正的传奇人物,是我们店的镇店之宝。他对毕加勒街区每一条路都了如指掌,他因为夜班生涯在这些路上不知走了多少回。

作为毕加勒街区的老人,他见证了这一带的前世今生,见证了它不可避免地小资化,失去自己的特色。

以前,性商店属于堕落的场所,跟现在相比,肉体的暴露频率要高得多:窥视秀,观影室,热辣桑拿,色情剧场(指性交真人秀),各式各样。而今天,"性"这个字更多地被"爱"所取代。"性商店"改称"爱的小铺",更讲情调,以吸引一个更低调、时尚的客户群。

但他跟我一样,受不了这种语言洁癖。老派典型,他习惯了卖一些奇奇怪怪的东西,喜欢接触鱼龙混杂的顾客。

他是如假包换的现象级大师,任何顾客都逃不过他的火眼金睛。他能准确地预测他们的进店目的和消费能力,不啻一个预言家。

他是无与伦比的销售,话术堪称完美,卖起那些优秀产品来就像捻个响指一样不费吹灰之力。当他给顾客介绍产品时,我感觉就像葡萄酒大师在讲一款名酒,充满激情地描述着每一个细节。

我特别喜欢观察他在商店货架之间踱步的样子。他背着手,用挑剔的眼光检查商品的摆放。看到不当之处会摇摇头,然后按照自己的想法重新摆一遍。虽然在这些时候略显古板,但每当听到喜欢的音乐,他也会偷偷踏出几步扭上几下,有时甚至还会跟着唱上几句。

他教我如何用目光解读顾客，如何鼓励他们消费，如何巧妙地说服他们掏腰包。多亏了他，那些漫长的工作之夜才有数不清的笑声相伴。

● **文身女**

有些人让我们感叹相见恨晚。

文身女就是其中一位。

她比我早几天入职，当时已经熟悉了这份工作。她上白班，我上晚班，我们只在交接班的时候会碰到。起初只是一般的寒暄，但很快，我便设法每次早一点到，跟她聊会天。她幽默、聪明、直爽，谈起任何话题都有一种令人舒心的轻松感。她热衷于动物行为学，推荐给我好多这方面的文章来读，以便我更好地领会这门学科。她经常向我指出某些男性顾客在行为方面与动物的相似性，说他们的所作所为类似一种笨拙的求爱仪式。

她中等身材，短发，身材苗条健美，经常一袭黑衣，脚蹬皮靴。她的一条胳膊上文着一个很长的波状图案。她的销售技巧跟我差不多，也以让顾客感到自在为主，并不逼迫他们消费。她对顾客报以真诚的微笑，可以跟他们一聊老半天。有时她雷鸣般的笑声响彻全店，让所有同事都觉得有趣。

她可不是好欺负的。面对不尊重人的顾客，她从不退让。她会双手交叉抱在胸前，扬起下巴，用突然变得气势汹汹的黑眸狠狠盯着他们。

她有自己的理想与抱负，和我一样，也只是来情趣用品店打工罢了。我离职后不久，她也走了。

尽管离得很远，但我们始终保持着联系，喜欢呷着酒一起回忆从前顾客们的趣事。

从大卫[1]到罗科[2]

你们一定想知道我怎么进了情趣用品店工作。我的第一动机毫无疑问是为了挣钱。不过我希望找一份人文的，社交性的，差不多社会学性质的工作。我不自觉地想要在我的人文科学学业和工作之间建立一种连续性。我当时是艺术史本科大三学生。白天，我认真听课，和同学吃午饭，扎在大学图书馆学习。晚上，从学校出来，我踏上上班的路，一天当两天用。

我凌晨两点下班，下班后回家睡觉，睡一小会儿再起床去上课。课上我经常打瞌睡，以至于有几个

---

[1] Jacques-Louis David(1748—1825)，**法国新古典主义画家**。
[2] Rocco Siffredi，**色情片男演员**。

老师说我得了发作性嗜睡病。我就过着这样的双重生活。

我们研究绘画中的宗教主题。比如亚当和夏娃在犯下原罪之后，意识到自己赤身裸体，这确实是个沉重的负担。在画里，人物的生殖器通常以手或植物遮挡，很少裸露在外。而我呢，每晚都在一个平行的时空里上班，那里正相反，身体消解不见，取而代之是对生殖器的突出展示。两种生活在此找到了关联。

我会在雷洛[1]的最新几款硅胶模型产品中愉快地看到布朗库西[2]雕塑的影子。而当我们的热销产品詹森博士牌肛塞经保罗·麦卡锡[3]设计，在旺多姆广场盛大登场，我觉得无比幸福。

我在仿真玩具的货架间漫步，就仿佛在卢浮宫的德农馆和叙利馆欣赏古希腊、古罗马雕塑。林立的大理石器官换成了筋脉清晰的硅胶怪物。

---

[1] Lelo，瑞典新潮情趣用品品牌。
[2] Constantin Brancusi(1876—1957)，法籍罗马尼亚裔雕塑大师，现代主义先驱。作品以造型简洁抽象为特色。
[3] Paul McCarthy(1945—)，美国颠覆性艺术家，作品以充满暴力及明显的性意味为显著特色。2014年，他在巴黎旺多姆广场竖起名为《树》(Tree)的巨型充气雕塑，因形状酷似情趣玩具而引发大哗。

当我欣赏米罗的维纳斯时，我忍不住会想，我们拆零出售的那些丑陋的女性前胸本可以她为模特儿。

还有那些充气娃娃，睁着眼睛，大张着嘴，让我想起爱德华·蒙克的《尖叫》。总之，情趣用品店里到处都有艺术史的影子，但也可以说艺术史中到处都有性爱的影子。

职业风险

一对年轻男女来买避孕套。我给他们推荐了一款,谁料想激起了他们的痛苦回忆。一个情意绵绵的周末,他们准备了一些红色浆果香味的避孕套。疯狂一夜之后,第二天早上醒来,女士的嘴唇和舌头全都染成了紫色……一直到周一上班……

老式自慰

数码时代，很多事情不复当初。像素化的肉体变得遥远、冰冷，让一些人产生了失落感，觉得缺了些什么。

商店的地下一层出售内衣。那里面积与底楼一样大，摆满了花里胡哨的内衣、鞋子和制服什么的。

成套内衣被精心包装在制成魅惑女郎形状的盒子里，画面上的模特儿妖艳地展示它们的穿着效果。

晚班时负责内衣部的是两个可爱的女同事。她俩形影不离，不忙的时候，我很喜欢去楼下探班。这天晚上，店里人还挺多。送走一位顾客后，我溜到楼下找她们聊天。看到我来了，她们示意我别出声，慢慢走过去。原来她们中的一个发现试衣间里有异常情况，好像有人没同她们打招呼就直接进去了。好几个女顾客在试衣间门口排起了队。我的两个同事有点不耐烦了。其中一个对着试衣间的帘子问："您还好吧？"里边响起可疑的声音，她猛地拉开帘子。

天啊！是个男的，裤子脱到脚踝，正对着一个性感内衣盒子自慰，盒子从他的手上掉了下去。可怜的家伙被保安架着胳膊拖出来，裤子也不让提，光着屁股示众。

他在哄笑声中被轰出了商店，夹着尾巴逃走了。

我们在同事间通报了这一事件，大家一致得出结论：没什么大惊小怪的。

或许说到底，他只是对艳照流行的年代有所怀念而已。

只有一个问题困扰着我：邮购商品目录这么贵吗？

音乐响起来!

上晚班有一些好处,但更多的是坏处。比如会遇到把女店员误当作精神病医生的醉汉,昼伏夜出的变态,以及午夜过后突如其来的倦意。当你们躺平睡觉,或更气人,呷着小酒的时候,我却在商店冷清的货架间游荡,躲避穿堂风。这一晚,我正在商店最里头研究新到货品,一个男同事的声音打断了我,他说来了个客人希望由女店员接待。我一边庆幸终于有事做了,一边用眼睛扫过一排排无人的货架。我看到了我的目标,是个头发花白的男人,两手握在一起,背对着我。我的服务性笑容在看到他面容的那一刹那消失了。我正跟我最喜欢的爵士乐钢琴家面对面。我用激动得发颤的声音傻乎乎地说:"我特别喜欢您的音乐!"他有点吃惊,对我表示感谢,随后承认没想到会在情趣用品店被粉丝认出来。在这一刻,他的名望反倒成了负担。他一时有了离去的打算。但我岂能轻易放跑这样的客人!

我控制住局面,把他带到货架旁,向他介绍我们的"乐器"。一边谈论他的最新专辑,我一边给他来了支各路玩具的华尔兹。他看中了一个最新潮的玩意,一按开关,就会奏出强有力的震动交响乐。我实在没法专注于本职工作,忍不住打探他的新计划。看得出他很为难,我决定换个曲风。我们把关注点转向"乐器"的颜色。我换了个新玩具给他,然后提示他需要润滑剂。他向我表示感谢,说他熟悉这调调。这次邂逅令他颇感有趣,于是邀请我去听他的下一场音乐会——正拨在我心弦上。我开心地接受了邀请,并祝他度过一个愉快的夜晚。他拿出银行卡付款结账,然后不事声张地走掉了。

布波族[1]

    歌星雷诺在他的同名歌曲里把这些人刻画得如同森林之神萨蒂尔。继瑜伽课、有机食品超市之后,他们开始涉足情趣用品店。

    一对男女走进店里。是那种就像是直接从The Kooples[2]广告里走出来的情侣,让人气不打一处来。男的拿着两个电动车头盔,女的扎着一头新染过的头发,穿着原创设计师连衣裙。

    他们在货架间溜达,咯咯笑着打开一些商品的

---

[1] bobo,这一名号由英语bourgeois(布尔乔亚)和bohemian(波西米亚)两词开头字母合并而成,指中产阶层一些标榜思想独立、追求非传统生活方式的人,大多是高收入高智商的社会精英。
[2] 法国时尚服装品牌,主打街头时尚和英伦摇滚风格,广告主人公经常是成对的情侣。

包装盒看。女的把一件商品碰到了地上，但没有捡起来。我走上前去。

我保持着商业礼节，但语气有点生硬。他们想给他们的亲密生活"加点刺激"。无需多解释，我已经知道什么适合他们了。我展开最美的笑容，给他们推荐了一款高潮神器。他们噘起嘴，但我一点不气馁，面不改色继续宣传产品。

女的一脸担忧的样子。她对玩具所使用的染色剂和硅胶的来源不放心。我用事实告诉他们尽可放心。该产品为欧洲制造，并且经过了严格的医学检验。

男的翻过来掉过去地摆弄样品，最后果断地把它放回我手里。他做了个决断，从货架最深处拿了一盒产品，就像在超市的色拉柜台挑选一包生菜似的。

我匆忙敲定这笔买卖，以免被他们磨光耐性。然后在我周到的建议下，我们来到润滑剂区域。

我给他们推荐了一款润滑剂。一拿到手里，女的就迫不及待地看起了产品成分。她嘟着的嘴随着阅读内容扭来扭去，最后皱着鼻子把东西还给了我，就像塞给我一片宝宝的脏尿布。于是我翻出一款"有机"

润滑剂。他们的眼睛终于放光了。打包,拿走,不谢——啊,不,女的又出幺蛾子了:"你们有源于公平交易的润滑剂吗?"

他们竟敢……

细节最要命

小时候,我经常因为光脚在地板上走路被训斥。"小心被刺扎了!"奶奶总是唠叨……

一个男的步履艰难地走进店里,一边用目光四下找寻。比来比去,他找上了我。上次接待他的女同事今天正好休息。他来投诉前不久刚购买的一件商品,是店里新进的货:木质肛塞。

这批玩具估计是针对那些抵制塑料制品、在意自己碳排量的客户设计的。它们产自法国,用樱桃木或胡桃木精雕细刻而成。

顾客解释说用过一次之后,他感到有些不舒服,但因为摸不到,所以不知道究竟是什么造成了不适。我建议他去看医生。他尴尬地甩甩胳膊做了一个不被理解的手势,对我说:"我觉得我屁股里扎了根刺。"

帝国反击战

周日估计是最不适合在情趣用品店工作的日子了。货架前冷冷清清。宿醉的顾客睡眼惺忪。店员们无精打采。

这个周日我与最喜爱的一名男同事搭班。我们大部分时间都在闲聊，讲笑话，在货架之间的过道跳舞。被主管训了一顿后，我决定去研究一款由一家法国色情电影巨头出品的新玩具。它外形很长，还挺硬，红得像一管霓虹灯。

我快活地走向同事，嘴里哼着一部经典科幻电影的主题曲。他抓起另一件样品与我交锋。我们的硅胶剑啪嗒啪嗒软绵绵地击打在一起。战斗难分难解，不一会就引来了几个爱玩的顾客。

　　这时，主管喘着粗气模仿达斯·维达在麦克风里喊话中断比武。所有人彻底笑翻！他客气地要求我们回到工作岗位上。我们一边嘻嘻哈哈一边执行命令。刚把宝剑收回剑匣，同事就跟我约好等主管午休的时候继续战斗，一决雌雄！

脱节

虽然我经常抱怨，看上去好不无聊，但其实我很喜欢这个职业。这是一次社会大冒险，反映出各式各样的生活态度和行为习惯。

只有一天，我深深地痛恨我的职业。那是11月一个清冷的星期五。白天在学校一切正常。下课后我乘坐地区快线回到巴黎城区，换乘地铁直抵毕加勒站。跟往常一样，我向隔壁杂货店老板点头致意，然后进入店里。生意一笔接一笔，一切正常。过了一会儿，一个女游客来到我身边，给我看她的手机。难以置信，在新闻网页上我看到"开枪""恐怖袭击""死亡"这样恐怖的词汇。那时我还远远没有意识到到底发生了什么。消息慢慢在店里散布开来，顾客们变成了悲伤的旁观者，对着他们的手机屏幕无能为力。我和一名同事一起观看24小时新闻台，记者正在实时跟进事件。伤亡情况还不是很明朗，但随着时间推移有愈发严重的趋势。这时，一对男女向我寻求帮助，女的一手拿一件小玩具，问我哪个性价比高一些。她的伴侣盯着手机屏幕，大声转播着不断增加的死伤数据。所有人都被震惊了，意识到事态严重。所有人，除了这个女顾客。她拉着我的毛衣袖子，用一句刺耳的"喂，有人吗？"催促我给她服务。一气之下，我甩开她乞丐一样扯着我胳膊的手，用我店员生涯里最快最冷淡的话术解答了她的问题。她倒是挺满意，把不要的那件玩具放回货架，平静地找她的伴侣去了。商店逐渐空了，所有顾客都走了，只剩下我们几个店员。主管决定关门停业。防盗卷帘门放下时的刺耳噪音吓了几个路人一跳，显然他们的精神高度紧张。这一夜将会非常漫长。[1]

---

[1] 2015年11月13日晚巴黎市内及近郊发生连环恐怖袭击，造成130人丧生，350余人受伤。

小费

一个男的轰轰烈烈地走进店来。长得还算帅，身型修长，梳着纹丝不乱的大背头。一个穿正装的男人寸步不离地跟在后边，看上去很不自在，面带担忧，试图带他离开。油头男大声说着话，开始在货架间东挑西拣，不一会怀里抱了一堆玩具向我走来。我递给他一个购物篮帮他减轻负担。他先对我表示感谢，然后抱怨他的司机拒绝用拳头满足他。我内心打了个霹雳，表面却装作平静。我自告奋勇帮他找需要的东西——物质层面而言。他高兴地抓住我的胳膊，拉着我在店里溜达，一边大声说着一连串无意义的词语。直到这时，我才明白他完全喝醉了，而且显然混着嗑了好几种药。汗水从他消瘦脸颊的每一个毛孔渗出。他不停地抽着鼻子吸气，从头到脚都在颤抖。他挽着我的胳膊，不是因为热情，而是不得不如此。我想给他拿杯水，他礼貌地拒绝了。我们说了几分钟不痛不痒的话，期间不时被他的司机打断——他们的车停的不是地方。然后，他亮出大招："尊敬的小姐，您美丽又善良，我需要您帮我一个忙。"这所谓的帮忙让我有不妙的预感，因此没有接话。

他让我用拳头满足他。他会给我一大笔钱做酬劳。3000欧元。

我想他一定在跟我开玩笑，所以不上他的套。谁知这个家伙竟然坚持他的提议，酬金也层层加码，数额越来越诱人。有那么一瞬，我脑海里浮现出所有我还没有支付的账单金额，差点就想答应。可当我意识到这个要求有多古怪、这操作有多恶心时，我改变了心意。

他失望地恳求我。我让他放心，这条街上一定能找到愿意接受提议的人。我的同情心令他很感动，抓起我的手，不停地往上放50欧元的钞票。我让他停下，拿回他的钱。他把我的手合在那一叠黄色钞票上，说这是我应得的，他很愿意给我。他看了看他的百达翡丽手表，被司机催促着走向了出口，装满商品的篮子还留在我脚边。我拿着这叠意外的小费站在店中央，同事都用怀疑的眼神盯着我。我对他们讲了事情经过，有个同事后悔自己没遇上这样的主儿。下班时间很快到了，我手里抓着那一大笔钱踏上了回家的路。百感交集的我安慰自己，最起码，我没有因为这笔钱弄脏双手。

他们竟敢……

在我眼皮底下……

一对男女在货架间闲逛。当他们从我跟前经过时,我发现年轻女子的外套下有东西在动。我怀疑自己落进了《异形》的山寨版里。看到我发愣的表情,她微笑着拉下了外套的拉链,露出一只阿比西尼亚猫,小家伙显然期待这自由的一刻已经好久了。它好奇地东张西望,然后又钻回主人怀里,好远离这个堕落的地方。女的又把拉链拉起来,继续溜达。

忠诚的战马

星期五的晚班，时钟已接近凌晨两点，我马上就要下班了，之后打算去和几个已在聚会的朋友碰头。

正在倒计时的时候，一个青年男子向我走来。他的头发我至今记忆犹新。一头蓬乱浓密的棕发，前额一簇火红色的发绺总是不听话地垂下来，弄得他很不耐烦，不停地像马儿甩鬃毛那样把它甩上去。他含蓄地表达了他的要求。

他想买个肛塞。但不是随便哪一种。是任何一个有超现实主义精神的优秀的有追求的情趣用品店营业员都想卖成的那种。我指的是"尾塞"。这个荒诞的发明是传统肛塞和动物尾巴的混合体。看到我半开心半惊愕的样子，他辩解道："你明白，我是想找回我的动物本能。"

我乐呵但不失专业地把他领到了地下一层，那里有一整个橱窗专门陈列这类玩意，似乎全天下所有动物的尾巴都在这儿了。马，兔子，狐狸，狗，应有尽有。面对这些花花绿绿各式各样的东西，他双手捂嘴发出一声兴奋的惊叫。一扬头，把发绺甩回原位，他拿起一个带马尾巴的，摸摸马尾，又仔细看了看形状，然后交还给我，有点失望地嘟着嘴："你们有设得兰小马版的吗？"话音才落又改了主意："不，等等，其实纯种马也不错……"我对他的选择很满意，想开个玩笑，给这次销售画一个完美的句号："上马的时候要当心哦！"没有笑声，甚至连礼貌地配合一下也没有，只有不耐烦地一咧嘴。我二话不说地把他领到收银台。他含蓄地表示感谢，付了钱，把东西装在塑料袋里走了。袋子太小，马尾有一半荡在外边。这就上赛道了！

专业人士

今天我又迟到了。匆匆忙忙地下地铁，然后一路小跑，没多耽搁就到了店外，正好看到主管在人行道上追两个奔逃的女顾客。我赶紧冲进店里，火速放下个人物品，摆出一副立马进入工作状态的样子。

主管回来了，手里拿着一个黑色的大包。我凑过去打探消息。原来是两个跨性别者，在店里待了两个多小时，试衣服试鞋，却什么也没买。她们平静地走向门口，出去时防盗门也没有报警。其中一个人的雨伞掉在地上，可她没有察觉。主管一片好心跑过去捡起来，并叫住她们，"请等一下。"这俩立马慌了，撒腿就跑，可惜被脚上的高跟鞋拖累跑不快。

主管轻而易举地追上了她们，在递出雨伞的时候发现了她们打开的提包的秘密：里边装满了刚刚偷来的东西。经过几分钟的谈判和对骂，他收缴了她们的包，轰跑了这两个堕落的女人。我们研究了一下这个包。从外面看，它普通得不能再普通，但里面却别有天地。整个包内覆着一层铝质的内衬，是为了购买冷冻食品又不失时尚？当然不是，是为了躲过防盗报警器！

主管对她们扒窃的手法深感震惊，仔细回想了她们从前多次来店购物的情形。然后他把这个包放在收银台后边的架子上，当作防盗警示，发誓说再也不会让小偷得手。

这件"圣物"激发了某些同事的贪心，幻想在买东西的时候借来用一用。至于我嘛，当然也有过这个念头。但是，有一点是肯定的：打死我我也不会背这么难看的包出门。

鹦鹉

"请不要拍照!"

"No photos, please."

"Fotos sind verboten, bitte."[1]

这是在情趣用品商店里说得最多的话。

这条无聊的禁令目的是阻止顾客给商品和店内陈设拍照。他们可真是想得出!

有这么几种在店里拍照的顾客:

---

[1] 依次为英语和德语的"请不要拍照"。

● **老实认错型**

这种一般以游客居多。他们披着下雨天在地铁出口卖的那种简易雨衣,脖子上挂着谁也不输谁的高级相机,肆无忌惮地在店里按快门,把闪光灯弄得咔嚓咔嚓响。完全意识不到自己的错误,他们也看不到我愤怒的同事走过去给他们立规矩。他们会局促不安地道歉,然后灰溜溜地走掉。

● **突击队员型**

这种比较难察觉。他们像变色龙一样混在店堂里,企图伺机拍下"政治不正确"商品的高清照片以发布在自己的脸书上,提高点赞数。他们会不慌不忙、若无其事地从兜里掏出手机,打开静音模式,关闭闪光灯——得,又偷拍一张!

● **死不认账型**

和"突击队员"有些相似,但有一两点不同。他们闹闹哄哄三五成群地在店里闲逛,每看到一根硅胶玩具就哈哈大笑。个别的,冲动之下就会拿出手机,伸出胳膊对焦,完全不在意店里的禁拍告示也不理会在场的店员。但不等他们的手指头按到快门键,我会大喊一声"别拍照!"——直接省略掉"请"字。他们会狡辩:"我没有拍照,我在回信息。"这个时候,就轮到我展开长篇大论的训话了,有理有据地证明拍照是对我们工作环境的不敬。这环境是有点不正经,但工作很正经。一点没错!这是个高尚的职业,各方面都像极了精神科和两性科医生,除了费用不能进医保。

经典语录

这个能吃吗?

清洁剂? 干什么用的?

您会把这份工作经历写进履历表吗?

阴蒂是什么?

不含谷蛋白吧?

群体现象

上班的日子，一到18点，我就会经过克里希大道中央分隔左右车道的绿地。这是条青翠的小路，每隔一段距离都有供人休息的长凳。

这些长凳现在更像建筑物里的楼梯间，成了一些又蠢又闹的无业青年的据点。但18点的时候，占据我们店门对过这张长凳的只有一个人，一个穿运动服的年轻人，不耐烦地等着他的同伴。他总是冲我喊："你好！嘿，你真漂亮！"

而当我凌晨2点下班，胆战心惊地从长凳前经过，他的同伴们早就在了，他冲我骂最难听的脏话。

群体激化了恶意，这个现象一直令我惊奇。

这种现象在店里也发生过。曾有一群男人来到店里，对着琳琅满目的商品嬉笑打趣。他们兴致勃勃地向我咨询。我没多想便把他们引向陈列前列腺刺激仪的货架。效果立竿见影，他们再也笑不出来了。我展开细致的讲解，把前列腺按摩的效果吹得神乎其神。

有一个说："我们可不是兔子！"我向他们解释说前列腺快感与性取向一点关系也没有。他们露出嘲弄的表情。既然说什么他们都不听，我决定放弃争辩。他们斜眼看着刺激仪，小声嘟哝着，然后合起伙来讲起恐同的笑话，最后油腻地笑着走出店门。我一边咒骂某些顾客的狭隘，一边继续干我的活。

第二天，刚到店里，主管就告诉我有个顾客想跟我说话。他用手指了指那个人。哎哟呵，竟然是昨天那群人里的一个。他低着头，走到我面前，看上去浑身不自在。

我带着胜利者的口吻问："怎么，迷路了？"他向我道歉，把他的愚蠢行为归罪到聚集性雄性激素激增上。他请我推荐一款前列腺刺激仪。我耐心地把前一天的讲解重新说了一遍。在交流了几个技术性问题后，他选到了心仪的商品。然后我们又来到润滑剂货架前。我以全世界最认真的态度给他讲解了不同产品之间的细微差异，并且给他推荐了一款带有轻微麻醉功效的产品。他喜欢得不得了，不由得激动地笑出了声，逗得我也笑了起来。我把小瓶子递给他，说他用完之后一定会感谢我的。

几个小时后，我下班了，长凳上仍然盘踞着同一伙人。我依然躲不掉每日被骂的遭遇。我目不斜视地从他们面前走过，心里想起漫画家格吕克[1]的一句名言："狼在一起是一群狼。牛在一起是一群牛。而男人在一起通常是一群混蛋。"

---

1 Philippe Geluck（1954— ），比利时漫画家，系列漫画《猫》的作者。

违心出售的东西

销售靠建议,靠耐心,靠倾听。但有时,自私占了上风,我们只想卖那些挣钱多的商品。不过……

● **震动鸭**

我不知道这破玩意的名声是谁吹出来的,我有句话要对他说。这么说吧,创意是好的,但基础太差。为了掩盖情趣玩具的本质而赋予它一个纯洁的形貌,使它能有另一种用途,这主意不错。但玩具本身令人失望透顶。我们会好心提示,可总有一些顾客坚信这个鸭子过硬的口碑。最终全是浪费时间。

● "幽默"货架上的所有玩意

制造这些商品的人对"幽默"是不是有什么误解。虽说赶上萧条的日子,唯一能开张卖货的就是这个货架,但弄成鸡鸡形状的拖鞋毕竟不太好卖。

萧条日子里的挣钱产品往往……一言难尽。

● 震动口红

这个我们也很讨厌卖,它和震动鸭是一类货色。产品外形跟一支口红没什么两样,只是带有震动功能。包装盒上的说明写着:可以随处使用……甚至在办公室!且不说它不适合开放空间,它的质量也太蹩脚了。连续三个茶歇的时间加起来也未必达到你想要的效果。

● 延时喷雾

最受早泄患者青睐的这种喷雾被认为可以延迟高

潮。我们苦口婆心地劝顾客，说稍微休息一下也比用这产品有效，但都没用！我经常用德普罗热[1]的话来安慰顾客："既然最优秀的人总是先行一步，那早泄算什么？"

● **塑料艺伎球**

这商品太糟糕了，是对盆底肌肉锻炼的一种羞辱。不知用什么来源的塑料制造，用一根绳子——不是硅胶，就是普通绳子——串着，它唯一的亮点就是价格。但不管我再怎么提醒，总有女顾客想不通，以为捡到了便宜。

---

1 Pierre Desproges(1939—1988)，**法国演员、编剧，幽默大师。**

职业风险

　　我和一个女顾客在货架间聊天，途经一件人气单品：阳具制模套组……看到它，她的声音里出现了一丝悲伤。她曾经买过一套送给前男友，后者当时要去美国出差几个月。为了"留住他的一部分"，她想用这个东西做一个硅胶模型。仔细读完说明书，他们动手操作。最初进展很顺利。之后他男朋友却不举了，怎么也发动不起来，于是她得到了一个奇形怪状的东西。讽刺的是，她最后说："他的家伙留下来了，感情却没留下来。"

自作自受？

跟许多人一样，在组装家具的时候，可能是出于骄傲，我从来不看说明书，总喜欢自己摸索。

这天我在货架间溜达打发时间，看到一个特别奇怪的玩意。乍看，这个硅胶玩具和同类商品没什么两样。确认了没有顾客需要我服务之后，我开始仔细研究。盒子里是四件套：一个人造阴茎，一个微型注射球，一小瓶润滑剂，一支洗涤剂。我把东西翻过来，注意到前端和根部都有开口。我打开注射球的包装，发现恰好可以装进玩具的根部，我没心思再去猜这玩意怎么回事，决定读一下说明书。

见鬼，当然是这样！这是个能够模拟射精的装置。原理很简单，把白色的润滑液加入注射球，推入玩具根部，就能完美地模仿出射精的效果。

我边笑边满腹狐疑地想，究竟什么样的顾客会用到它。

一个好奇的男顾客从我背后探出头来，看到我手里的东西，插话说："我有个一模一样的，我老婆对我的那个……感觉不好，您懂的……"

我好奇地请他把话说完。他直言，有时候为了满足别人的性幻想，只能先把自己的快感放到一边。

"那么您呢？"

"我讨厌用它，一挤注射球就会发出怪声，一点也不自然，感觉像是在挤一管蛋黄酱……"

他耸耸肩，摆出一副听天由命的表情，转头继续他的采购。我把玩具收回盒子，继续回想方才的对话。

我心想，有多少人能为满足自己伴侣的欲望而牺牲自己的快感呢？

囚犯

一对夫妇来到店里。他们起初有点窘迫，但最终还是战胜恐惧在货架间闲逛起来。等他们在某处驻足，我走近去展开攻势。

来到他们身边，我才发现那个女的穿得怪里怪气。她身上套着一件南美牧民式的浅灰色披风，软塌塌的，看不出线条。可能是想遮住她丰满的身材。深红的肤色倒是与她的衣着十分相配。我问："有什么可以帮您的？"她有些尴尬，让丈夫来回答我的询问。

这问题让他有点好笑，于是跟我讲起他们的糗事。前一天晚上，他在我们店里买了一副漂亮的不锈钢手铐,简直可以媲美美国FBI探员的装备。手铐很重也很厚,还配有一套开锁的钥匙。"包着粉色羊皮的手铐不是我的菜。"他讲述道。

手铐回家就用上了。包装盒扔了。激情过去冷静下来,该解开妻子了,却发现钥匙找不到了,肯定是之前不小心跟着包装盒一起扔进了楼里的垃圾管道。家里又没有钢锯,可怜的妻子只能被铐着睡了一整夜,早上请假晚点上班。

这下她身上的披风就完全解释得通了。她哈哈大笑,伸出仍然被紧紧铐着的双手给我看。"这是唯一能套上去的衣服……"她解释说。

他们那款手铐已经没货了。这个消息让妻子有点慌张。我让她放心,因为大多数"娱乐性"手铐的锁芯都是一样的。我去仓库找了几套相近的款式,征用了它们的钥匙。当我把第一把钥匙插进她的手铐锁孔时,大家都屏住呼吸,心脏提到了嗓子眼。失败!第二把钥匙又失败了!我们的女囚沮丧地叫了一声。我预感第三把钥匙恐怕也不行,于是悄悄地示意同事去搞一把钢锯来。他一会就回来了,挥舞着钢锯,笑嘻嘻的，让人想起"嗜血法医"的笑容。

只听"咔哒"一声，解救成功，大家如释重负，长出了一口气。我跟同事使了个眼色，他满脸失望，转身走了。

夫妻俩热情地向我表示感谢，然后问我有没有仿真度低一些且可以手动开锁的款式。

"噢，很抱歉，都卖完了。不过我可以给你们推荐用人造毛皮的那种，适合初次尝试。"

丈夫勉强同意了，又一次感谢我，拿着新手铐向收银台走去，不锈钢手铐就留给了我。

妻子跟在他身后，边走边揉手腕。

他们竟敢……

量了尺寸来

我观察着货架前一对神情专注的夫妇。他们在讨论是否要买某件商品，列举着各自的论据，最后决定再冷静地考虑一下。趁此机会，妻子开始在店里各处闲逛，丈夫却待在原地没挪窝，他全神贯注地盯着两款商品，手托着下巴。妻子的漫步突然被伴侣打断，他在商店的这一头喊："亲爱的，尺寸在你那里吗？"她边点头边走了回来，到他身边把一张小纸片递给他，上边有一些潦草的数字。我竖起耳朵偷听他们的谈话，感觉到了宜家家居。"放不下，太宽了，咱们需要一个两者之间的尺码。"他们礼貌地拒绝了我的帮助，迅速选定了货品。我目送他们走向收银台，心想，至少他们不用为组装这件家具而伤脑筋。

父母

什么？情趣商店？这是我妈听到消息后的第一反应。她坚信我卷入了某种与皮肉有关的可疑买卖，我不得不努力向她解释不是她想象的那样。我向她描述我们的商店、同事，以及一些顾客。

"不是的，妈妈，我不会变成性奴，我只是个营业员而已。工作团队？我有四个主管，两男两女，他们都三十多岁，都是正经的商务人士，不是出卖肉体的淫棍。同事？大家年龄不同，背景不同。商店？有点像丝芙兰，只不过卖的是情趣玩具。不不不，橱窗里不挂窗帘，我们只有两道自动门。"

这些细节缓和了我妈的担忧。

几周后,妈妈上巴黎来看我,到我的工作地点来拿我公寓的钥匙。到了约定时间,她害羞地走了进来。一名男同事立刻迎上去,问她是否需要咨询,她礼貌地拒绝了提议,说明自己的身份和来意。我挤开人群走向她,挽住她的胳膊,提议领她参观一下我的地盘。她明显兴致不高,只用目光扫视了一遍。我向她介绍我的主管,主管非常热情,恭维说我们母女长得很像。见我的主管是个头脑理智的年轻爸爸,妈妈放心地回家去了。

爸爸的礼节性访问与妈妈很相似。他俩谁也没敢深度参观,但了解到我的工作氛围很好他们都很开心。

他们最担心的未必是工作本身,而是我和什么样的人一起工作。

祝你好胃口

有时候，我寻思有些顾客是不是把我们的店和街角的便利店搞混了。

"您好，小姐，请问生鲜柜台在哪里？"我转头看看我同事，以确认我们俩听到的是一个意思。

看着我们发呆的表情，她又补充说："你们这有黄瓜或者笋瓜吗？"

"这……做什么用？"

"您觉得呢？"

"一份蔬菜丁？"

惊讶于她的要求，我告诉她我们店里唯一能和生鲜扯上点关系的只有一种梨形的冲洗球，然后指引她去离我们几步之遥的一家有机食品超市。

又有一天,一个大腹便便、头发稀疏的男人一边挠头一边拉住我。他在润滑剂柜台找不到他的所需之物,他说他想要效果最好的一款。我正要俯身去拿我们这里销量最好的产品,他拦住我,问我有没有Crisco。他解释说,这是一个牌子的植物油,主要用于油炸食品。我一下子有点反胃,但还是礼貌地告诉他我们这儿没有,建议他去巴黎市中心一家专营美国货的杂货店看看。

同一周,我经手卖给一个年轻女人一件品质很好的情趣玩具。她说润滑剂就不需要了。我担心没有润滑剂她的玩具用不了多久,于是问她用什么润滑产品。她的秘方竟然是椰子油。"椰子油哪都能用。"她一边说着一边对我挤了挤眼睛。我于是脑补了下她家厨房里那瓶椰子油的样子……

叮叮当，叮叮当，铃儿响叮当

　　所有顾客都讨厌那些牛皮糖一样的营业员。他们埋伏在角落等着你，在你经过时窜出来，连珠炮似的啰嗦一番："您好，需要咨询吗？""您确定？""要帮忙的话请别客气！"他们不屈不挠，远远地盯着你，窥伺着你眼中的犹豫。一旦似乎有问题在你脑海中浮现，他们就看到了希望，立马卷土重来。通常，他们会在这个时候突破顾客的防线，向其注入消费的毒液。

　　我们店里每一层有三到四个营业员，根据个人喜好分配负责片区。有仿真阳具专家、DVD专家、震动按摩器专家……当然，片区之间没有界线，谁都可以自由进出其他片区。

如同打仗，达成销售也需要寻找目标、下定决心、扣动扳机，从而击中目标。"进攻"可不只是说说而已！

不管这种时刻有多么痛苦，作为营业员都必须经受。我们会预先打量一下顾客，猜测他的身份，采用适当的技巧。最初几个月，我不得不采用一种类似妓女拉客的方法，说白了就是一个不落地去跟顾客搭讪。很痛苦，很累而且没什么效果——后来我换了另一种策略。总之，这种拖网捕捞的结果是经常被拒绝。顾客很烦这一套，会冷淡地把你顶回去，有时候干脆不搭理。一天来了一对俄罗斯夫妇，看上去很有钱，在店堂里逛，我上去接待并提议帮忙。那个女的皮肤白得像褪色一样，整理了一下她名牌包包的带子，从头到脚打量我。而她的丈夫，连看都没看我一眼，只是举起他肥厚多毛的一只手冲我的方向摆了摆，把我营业员的礼貌和荣誉感通通挥开。他们这种毫不掩饰的轻蔑把我气坏了，我在店里找了个角落一边咒骂一边观察这对乏味又浅薄的夫妻。

他俩在一款玩具前面停了一会儿，好像在研究它的使用方法。男的抬头找我，看到我后冲我捻了个响指。我气得发出一声苦笑。本来要对他竖中指再骂一串脏话，但我忍住了，假装什么也没看见。他继续叫我，这回，在他混蛋女人的笑声鼓励下，对我吹起了口哨，像招呼狗一样。太过分了，我怒气腾腾地走了过去。我用清晰的英语和最冰冷的语气，直截了当地告诉他们我是营业员不是奴隶。他们不理会我的演说，反问我卖得最好的单品是哪种。强烈的复仇欲望蒙蔽了我的理智，脸上挂着阴险的微笑，我把他们带到一个号称"神器"但依我看其实很烂的玩具的展台。三言两语，生意就做成了。

我甚至让他们买下了展示样品。他们转身走了，连声"谢谢"也没说。最后这个无礼举动使我更加坚定了自己的选择。如此缺少教养又没有头脑的人着实令我惊愕不已，我心说这样的人应该没什么值得我羡慕的。

不管面对谁，请一定要彬彬有礼、和和气气。

经典语录

您怎么会流落到这种地方?

这个您有不贴牌的吗?

瞧见没,亲爱的,竟然还有个吸盘!

您下班以后干什么?

商店名称会出现在银行对账单上吗?

酒后吐真言?

照顾喝醉的朋友从来不是一件愉快的事,但既然他们是朋友,就必须伸出援手。

对于顾客则不同。周五和周六是店员们最害怕的两天。一周工作结束,一些人黄汤下肚,酒精上脑,就开始不清不楚不三不四起来。

在我的售货员生涯中,我还附带客串过很多其他活:带小孩,照看狗……以及吧台服务员。我很倒霉,总能把醉鬼引到自己身边来。

进来一个男的,走路摇摇晃晃,嘴里还低声抱怨着什么。我同情的眼神出卖了我,把他引了过来。他在我身边停下,大大地越过了社交安全距离,呼出的浓烈酒味熏得我晕乎乎的。

他嘟哝着,试图开启一场关于巴以冲突的辩论。我的冷淡让他很失望,于是转身朝店堂深处走去。

一个穿着清凉的人形模特引起了他的注意。从它淡定的身影看,应该是个比我更好的倾听者。男人对着它的耳朵说了几句悄悄话,然后等着永远不可能得到的回答。模特的冷淡让他有点恼火,他提高了声调。沉浸在想象的轻侮中,语言已经不足以表达情绪,他一怒之下用双手猛推模特,模特直挺挺地砸在地上,发出一声闷响。我的保安同事立即奔过去,阻止他继续朝模特身上乱踩乱踢。

男人被同事抓着肩膀请了出去。最后挣扎中,他掀翻了一个摆满润滑剂小瓶的展台,是我一小时前刚刚仔细分类布置好的。

最后,诅咒完我们的子孙八代,他终于走了。

淘汰

店里的大部分产品都是针对女性设计的，让人不禁思忖，在这个油水丰厚的市场上，男性被置于何地。

爸爸们有时会被排除在妈妈和孩子的共生式关系之外，在情趣玩具的世界中，情况与此类似。

我见过许多男性顾客，他们因为女伴想在亲密关系中使用震动玩具而窘迫不安，尤其在涉及到仿真阳具和震动按摩器的时候。

一对夫妇在震动玩具货架上寻觅。女的停下脚步，用手指着她感兴趣的几样产品。她的伴侣拖着脚，脸上的表情看上去对这种新的嗜好很厌烦。

"我满足不了她了难道?"他心想。女人试着安抚他,向他保证这只是为了满足一种性幻想而已,情趣玩具不会变成性生活的全部。

她朝我看过来,示意需要帮助。她在几个不同的款式之间犹豫不决,征求我的意见。我给她推荐了一款"趣味工厂"牌子的产品,因为它的震动效果和外形都很理想。先生在一旁憋着气,我一开口讲话他就挑挑眉毛。他担忧地说:"这个可有点大啊……"

他的女伴根本不理会他的看法,看上去已经被新"伙伴"给迷住了。我向先生解释说这个玩具可以夫妻共用,给传统的模式来点变化。他完全不以为然,对女伴说了句"我去车里等你",走之前向她的新玩具投去怨恨的一瞥。

她拿起玩具走向收银台,结完账走了。

我总是觉得某些男人把仿真阳具看成了竞争对手。强劲的对手!它们持续时间长,能一直保持坚挺,只要电量允许,就可以同时完成两种功能。

这些性能足以令男人担心自己将被女性朋友淘汰。然而,女士们先生们,千万不要觉得这类小道具是一种威胁。很少有人能被彻底满足,所以别信邪,发挥主动性,把玩具当成您的盟友,一个随时准备在您疲劳抽筋时上阵替补的忠诚队友。不,人类永远不会被淘汰!

职业风险

低调的卡塔尔人：两个穿着卡塔尔传统服装的男人神色不安地偷眼观察货架上各种华丽丽的玩具。我问他们是否需要帮助。其中一个操着一口不太标准的英语，大着胆子问我有没有看上去低调一点的商品。我周围全是颜色鲜亮、形状特征极为明显的玩意，每一件在卡塔尔都会被没收，并叫它的拥有者吃不了兜着走。巧了，这个不错！我为自己的发现自豪，那是一款质量很好的小玩意，设计风格典雅，看上去就像一支睫毛膏。我推荐给他们，他们很喜欢。去收银台结完账，他们剥掉原来的包装，把玩具放进一件高档化妆品的包装盒里，这下谁都发现不了了！

击球还是卡位？[1]

情趣用品商店卖的不只是用于寻找快感的商品，里面有一整个货架的会阴康复产品。女性骨盆底部的这群肌肉起着多种作用：支撑器官，控制大小便，以及……提供更好的高潮体验。分娩或过度运动会导致女性会阴松弛，重塑极其重要，哪怕只是为了避免过早陷入老年生活的不便。复健可通过运动治疗，也可以借助艺伎球。

艺伎球就像是两个法式滚球游戏中的目标小球，用一层硅胶套包裹并固定在一起。用的时候插入阴

---

[1] 指法式滚球游戏中的两种战术。玩家把球投得离目标球越近越好，必要时可击走对方处于优势位置上的球。

道，可引起阴道周围的肌肉收缩。把它们放在体内同时正常活动，能收到良好的使用效果。

一名漂亮的女顾客向我咨询，想购买一款艺伎球。这是个年轻的妈妈，希望能迅速完成复健。我给她推荐了我特别钟爱的一款，是一串外包硅胶的小球，彼此间具有磁力，可以根据需要增加或减轻重量，使训练更为多样化。

她被我说动买下了它，然后拎在手里走了，临走前向我保证一定会跟我实时沟通训练进展。

几天后，我正在整理货架上的商品，有人拍了拍我的肩膀。原来是艺伎球女士。她喷着笑略带尴尬地对我讲述了刚刚的遭遇。

就在她来店里看我的路上，她放在身体里的两个磁力球掉了出来。她的内裤没接住，小球全都掉进路边的排水沟里去了。

家人之间,一切共享

一个特别安静的晚上,我漫无目的地在货架间闲逛。总算等来了一个顾客,我拿出堪比"克里奥尔公司"[1]的热情给她介绍店里的新产品。她在一件商品前停下来。顾客不多,我有充分的时间给她详细讲解产品功能。我的直爽让她既放心又开心,于是向我吐露了一些私生活的小细节。忽然,她对我们一群人说(我的两个同事和我)她女儿拿了她的震动按摩器,而且老是不换电池。看到我脸上的疑惑和不解,她不耐烦地说:"噢,行了,这没什么大不了的。"我恢

---

[1] 法国音乐组合。

复了职业性的冷静，向她解释说用我刚才推荐的那款商品，就不会有这样的烦恼，因为它可以充电。

她拿着新玩具，用眼睛扫了一遍货架，然后告诉我下一次会带着女儿一起来，给她挑选生日礼物……

"啊，对吧，这事不分年龄……"她一边说一边用胳膊肘友好地捅了我一下。我假装心不在焉什么都没听到，回给她一个最美的微笑。她对我的服务表示感谢，并半开玩笑地说："您成全了两个人的幸福。"我又好笑又无奈地回到工位，默默感谢老天给了我一个懂得分享但不分享一切的母亲。

嗓子疼

店里的穿堂风在我身上起了作用。我着了凉,嗓子疼得厉害。于是我全神贯注地干活,以忽略身体的不适。我把一件新商品摆上货架,这是一种咽喉喷雾麻醉剂,主要成分是利多卡因。我认定送货员把我们的货和对面药房的货搞混了,跑去问主管:"这个是用来麻醉小舌头的。准备卖给吞刀子的杂耍演员吗?"主管回答:"没错,可以这么说。"

这个喷雾有薄荷和肉桂两种香型可供选择。出于好奇心和对产品质量的关注,我给自己喷了一下,顺便缓解一下嗓子疼。几秒钟后,疼痛消失了,取而代之的是一种薄荷味的清凉舒适感。

几天后，一个女顾客来到我身边，一手拿一件玩具。我用专业眼光目测了一下她手里的东西：两个电池版震动按摩器。从产品角度来说，都很差劲。她在两者之间左右为难，问我哪种性价比更高。我试着说服她不要在这种蹩脚货上浪费钱，问她更喜欢哪种类型的刺激：体外，体内，还是双重？

她更喜欢体外刺激。我告诉她，她手里的玩具都没有她想要的效果。她尴尬地跟我解释说她买玩具不是为了这个。

她扭头看看右边，又看看左边，确定周围没有耳朵在偷听，欠身过来悄悄对我说："是为了适应吹箫，让男朋友高兴。否则我肯定会吐在他身上。"她看上去忧心忡忡。

"每个问题都有解决办法。"我安慰她。我建议她把手里的东西放下，然后把她带到了另一个货架。

我向她隆重推荐几天前我刚刚试过的喷雾，它成功地暂时遏制了我的嗓子疼。"用什么剂量呢？"她问。

"一天喷四到六次，每次喷一下！"

她动心了,把喷雾放到购物篮里,向我表示感谢。马上要走到收银台了,她又折回我身边:"还想问最后一件事,这东西医保能报销吗?"

他们竟敢……

在店里动手

我正对一男一女发表惯常的商业演说，他们显然十分相爱，或者说十分兴奋——看从哪个角度评价。当我把一个玩具从包装盒中拿出想要为他们演示一下的时候，这两个学生当着我的面开起了小差。我自顾自地在那儿说了五分钟，感觉自己就像个无法让学生全神贯注的失败的老师。

为了吸引他们的注意力，我夸张地使劲清了清嗓子，但完全不起作用。这时我明白了，先生已经向女士发起了挑战，上下其手。我被这些微的失仪弄得索然无味，于是收起了商品，劝他们直接去旅馆开房。

尴尬到家了

我走向一个年轻男子,他貌似在货架前徘徊好半天了。来到他身边,我发现他浑身是汗,几缕湿漉漉的头发粘在太阳穴上,地板上都是他淌下来的汗珠子。他看上去惊慌失措。

我提议帮忙。他用手在脸上抹了一把,擦掉由于窘迫而不停冒出的汗珠。把声音压得极低,他向我说明来意。他在找肛塞,材质舒服,适合初次使用的那种。"您喜欢什么颜色?"正当我盯着货架寻找他要的东西,这家伙却逃跑了。留下失望的我,手里还拿着专门为他找到的合适的产品。我把它放回原处,去接待另一位顾客。

几分钟后,年轻人又出现在店里,一阵风似的冲到货架,抓起离他最近的那一个商品,转身全速冲向收银台,连润滑剂都没顾上……现在我知道他的身躯里藏着什么了:一部V8高端发动机。

三人行？

我扫视着店里的一排排货架，寻找新的猎物……嬉闹的年轻人，闲逛的游客，一对夫妇正在研究充气娃娃……就是他们了！我介入了他们的谈话并提议帮忙。他们想买个充气娃娃，来场"三人行"。

"您知道，我妻子嫉妒心很强，她拒绝在我俩亲热的时候有别的女人在……我是说，一个真人。"

惊讶之余，我为顾客们还算正派的生活作风感到欣慰。我拿出几个不同的充气娃娃给他们看。女士怀疑地看着充气娃娃们僵硬的脸，转向丈夫，一副任其所为的神情。他们选中了一款，然后去收银台结账。

男的手里提着东西,微笑着走出店门,女的跟在后面,眼神空洞。看着他们的背影,我不由得感慨,婚姻就是一场巨大的牺牲啊……

售后服务

身为售货员,我的职责是接待顾客,导购,咨询。

但有时也会轮到我负责售后服务。比如个别硅胶制品过早报销,或者因为某种故障没能让顾客爽到。

一对夫妇来到店里,没找到当时接待的售货员,于是转向了我。他们手里拿着个塑料袋,里边装着坏了的玩具。我请他们讲一下情况以便核查。"拿到手就坏了。"女的一字一顿地抱怨道。我耐心地、大着胆子问他们是否使用了玩具。

"当然没有,拿到手就坏了嘛。"她嚷嚷。

我平静地打开包装盒。没戴"检查"专用的手套,我只是粗略地看了一眼。上边还留有某种体液——我真希望不知道那是什么。又气愤又恶心,我指给他们看:"您看,它已经被用过了!"女的答道:"就放了一下,但它没动。"他们的做法令我吃惊,跟那种没试穿衣服就扯掉标签的有一拼。我保持镇定,把裁定权移交"最高法庭"——我的主管。主管被这对夫妇不讲信誉的行为搞得很恼火,但最后还是同意给他们换个新的,并请他们当面确认这一个运转正常。

他们拿着新换的玩具走了,旧的被扔进了垃圾桶。

经常有顾客惊讶于我们不像其他商店那样可以任意退换货品。

还有人抱怨店里没有"试用间"。

现在回想起整件事情,我不由寻思是不是有专门卖二手情趣玩具的跳蚤市场。

童年回忆被颠覆的那一天

这是店里一个稀松平常的晚上。有一些讨人喜欢的顾客,还有一些不怎么样的……

晚上8点,店里渐渐空了,人们都挤到餐馆去了。我利用这暂时的宁静整理货架。专注于我的活计,我一开始没注意到身后的顾客,他正耐心地等我招呼他呢。

我终于直起身子,跟他打了个招呼,然后问他需要点什么。在他跟我描述他的需求时,我仔细端详他的脸。看上去有点眼熟。肯定不是一个邻居,也不是老师,更不是前男友。我努力地回想,可是想不起来在哪里见过他。他需要一个肛塞,初次使用者的标准款。毫无新意的要求让我有点失望，我给他找了一个不错的折衷款。正在这时，一辆卡车在克里希大街上按喇叭，我瞬间想起了这个顾客的身份！一个我小时候崇拜的电视明星，而我正在卖肛塞给他。他问了我一系列技术和科学方面的问题，我尽己所知地回答他。在货架旁，讨论这些问题的细枝末节，几乎有点超现实主义了。

他谢过我的服务，揣着他的新伙伴，在店里四处逛起来。"我很好奇。"他这样对我说。当他走远时，我才意识到刚刚发生了什么。我远远地观察他，看他端详着每个货架、每个盒子，像孩子一样天真。我是店里唯一一个认出他的人。过了会儿，我很高兴地看到他又向我走过来，显然还有其他问题想问。他手里除了肛塞，还拿着一盒万艾可的衍生品。他想知道这个产品效果如何。我简要地给他讲了讲细节——因为它的效果不问自知，并且强调这实际上是一种血管扩张剂，因此不能过度使用，使用前最好先询问专业医疗人士的意见。于是他放下那盒药，说："那么这个下次再说。"他去收银台结账的时候，他的电视节目的片尾曲在我脑中奏响。或许，他现在正在制作一档成人类节目。想到这里，我童年的灵魂平静了下来。

经典语录

您挨个检测过了吗?

这是低过敏性的吗?

润滑剂? 干吗用的?

用人造奶油是不是也一样?

这个有酒红色的吗?

一日不见……

高科技总是令我叹为观止。一款上架新品让我又好奇又担忧。

淹没在一大堆传统情趣玩具中间的它,看起来有一点与众不同。

包装盒里放着两件东西,其中一件是传统样式的玩具,一点也不花哨,还有一个设计简洁的自慰器。这样的组合引起了我的好奇心,我开始阅读说明书。玩具的外表虽然普通,但它的功能却没那么简单。

它的设计理念是远程操作,通过一个手机应用软件来控制。只要能够接入无线网络,不管多远都可以操作。

所以以后，在另一个城市、另一个国家，甚至另一大洲，同时拥有七八个情人也不成问题了。

手机应用里还设置了视频会议功能（是的，没错），可以在游戏的同时和伴侣交流。更厉害的是，玩具上装有传感器，能够实时再现伴侣的性爱动作。

我认真思考了一番，远程性爱真的行得通吗？我不禁想到网络连接可能造成的延迟与故障。

我把价格标签贴在包装盒上，然后把它们一一摆上货架。这么一件东西，标价好几百欧元。与其花这笔钱，直接开车，或者买张机票、火车票甚至公交车票去找他（她），跟爱人面对面不是更好？

SOS DVD

自打来这上班以来,我就一直设法避开位于商店最里面的DVD货架,那里是过气性爱女明星的圣殿。在那里经常会碰到想象力枯竭的爱侣、猥琐男,以及一些声称"替朋友代买"的假惺惺的女顾客。

只有在顾客稀少的情况下我容许自己(极不情愿地)来这个神秘角落转转。一次,我正在某个专架研究,一个上了年纪的男人过来请我帮忙找一件商品。他身穿一件束腰米色雨衣,戴一副玳瑁架的大眼镜,腋下夹着份《世界报》。我把店里的异性恋电影一一拿给他看,他似乎很认真地思考着,然后把我打发走,兴致勃勃地边挑边轻轻吹着口哨。DVD区真是让我感觉"如鱼得水"。我打算悄悄溜走，去看看其他顾客。我看准一位女顾客并聊了起来。突然，身后传来一声闷响，紧接着是DVD货架上什么东西滚落的声音。我冲过去，发现老人已经躺在了地上。我大声呼唤同事，让他们立刻叫急救车。我跪在他身边跟他说话，然后像电视剧里的医生那样，把两个手指放在他脖子上，试图去摸他的脉搏。可是我的手不像电视里梳着整齐油头的医生那么有把握。当我发现一股鲜血似乎从他头上流出时，我的手颤抖得像一片树叶。等待急救车来的几分钟就像一辈子那么长。可耻的我趁机扫了一眼他精心挑出的片子。都是些"软色情"影片，一个男人和一个女人对着镜头的那种。这样的选择让我有点动容，脑海中想象着他的妻子正忙着给他准备美味的芥末炖兔肉，而他此刻却侧躺着等待急救。

急救车终于到了，急救员把老人抬上担架转运到车厢里。惊魂未定，我努力在工作中平复心情，并祈祷他平安无事。

几个小时后，我欣慰地看到雨衣老人又出现在店里，脑门上缠着厚厚的绷带。我告诉他当时把我吓坏了，十分担心他的身体状况。他只是询问他之前选的DVD影片哪去了。我给他拿出来，告诉他我刚才替他都收在一边了。

"您太周到了。得，再见啦！"说着，他重新吹起口哨，向收银台走去。

他们竟敢……

偷DVD

店里有很多顾客,我不太有时间去挨个看着。但有一张脸引起了我的注意,因为他在店里游荡很久了。他做的一切都被我那身高一米九、门神一样的保安同事看在眼里。这小偷不知用了什么障眼法,把一张DVD塞进了大衣内衬,然后装得若无其事的样子打算开溜。为了给他一丝虚假的希望,我的同事一直等他一只脚迈出店门,才一把扯住他的领子,然后把他拖进一个单间。我想大概在那里把他教训了一顿吧。过了一会儿,小偷从房间里出来,门神紧随其后,押着他到了收银台,要求他买下想偷的DVD。他垂头丧气地照办,一声不吭地走了。

时令生鲜

跟许多巴黎人一样，我吃有机食品，喜欢应季水果，崇尚节能环保，购买本地产品。我有一家很喜欢的有机食品商店，宽敞明亮，现代化，店员也很讨人喜欢！那天我来到店里，直奔新鲜蔬果柜台。正好看到产自诺曼底的鲜嫩多汁的梨子，那可是我的家乡啊，我肯定得买几个。

时间还充裕，我手里拎着梨踏上了去上班的路。我跟同事们打招呼，把个人物品放在更衣室，给自己做漫长一夜工作的心理准备，然后上岗。前半夜很平静。正当我用疲惫的目光扫视所有顾客，我看到一个三人小组，在有机食品店工作的三个小伙！不一会，他们消失在商店深处，我跟了过去，他们正好奇地站在梨形冲洗球的货架前。这些橡胶球是用来灌肠催泻的。

我向他们问好，告诉他们自己经常去他们店买东西。"咱们差不多是同行，只是我们卖的不是同一种梨而已！"

其中一人想买口腔扩张器，就像电影《发条橙》里的那种刑具，可以让嘴巴始终保持张开。

我向他指了指一排货架，那里有好多款式，正对他的胃口。

过了一会儿，三个家伙又出现了，每人手里拿着一件"刑具"。我向他们招手致意，祝贺他们觅得所需。

从此以后，每次在有机食品店遇到，他们都会对我会心一笑——那是我们之间的小秘密！

多重职责

在我的工作合同上,一专多能的概念反复出现。销售,商品上架,整理维护:这些职责一样不少。

一个星期天的早晨,一对夫妇推着婴儿车来到店里。我的主管赶忙拦住他们,提醒他们儿童是禁止到这种场所来的。

"可是先生您看,他睡得正熟,而且我们也需要买点东西。"夫妻俩对主管说。

"那好吧,请进。"主管无可奈何地让开了通道。

妻子推着婴儿车向我走来,问我内衣货架在哪里。

"地下一层。"

"这样啊……您能帮忙照看一下我儿子吗?他睡

着了,您放心好了。"

我还没来得及拒绝,她就已经把推车塞给了我,冲下了台阶,她丈夫紧随其后,笑作一团!

没办法,我只好待在婴儿车旁边,小心翼翼地掀起盖帘看了看,确实,小家伙在睡觉,还挺可爱的。但就在这时,神兽觉醒,尖声哭泣起来。我慌了神,想找同事帮忙,他们却突然变得眼神飘忽,一下子全都一副忙得不可开交的样子。孩子的妈妈听到哭声又回到楼上,递给我一个橡胶奶嘴,脸上写满了信任。

孩子安静下来,含糊不清地讲着自己的语言,小手摇晃着一个玩具。这个敏感的小家伙激起了我的好奇心,我弯下腰跟他玩耍。宝宝开心的笑声回荡在店堂里。时间一点点过去,他的父母还在不停地买。正当我开始认真考虑要不要收养他,他的父母回到了楼上,怀里抱着一堆东西。

到了分别的时刻,我跟宝宝说再见,他又大哭起来,为分别而伤心。他父母简短地谢过我就走了……听着婴儿车辚辚远去,我祈祷他爸妈那些奇怪的用品最好不要落到小家伙手里。

圣诞老人

在情趣用品商店上班的圣诞节假期尤为痛苦——上班的圣诞节假期就没有不痛苦的。

顾客们急迫，紧张，苦恼不已。寻觅理想圣诞礼物的情结在情趣用品商店里也有。他们全会在24号晚上7点出现，要店员帮他们找到完美的礼物，却又说不清确切要求。

我刚完成很棒的一单生意，就有一个满头大汗的顾客跑来。他看上去有点衣冠不整，领带结松了，一截子衬衫下摆从西装裤里跑出来。他要给妻子买份礼物。我介绍了几种玩具，他仔细看了看，一副不满意的表情，然后摆摆手。

尽管我还在不停地讲解，他的眼睛却不由自主地望向了商店最里面。凭着直觉，我把他带到了腰带式仿真玩具货架。他看上去明显被这神奇的物件打动了。好了，我懂了。他要的是一件双开口的东西。我选了三套入门级产品给他讲解。这回他听得认真多了，还拿出本子记下我说的话，舔着嘴唇，像个小学生一样。他看上一个高雅而又简约的款式，黑色硅胶，可调节长度的蟒蛇纹人造革腰带。我帮他拿着商品，问道："您还需要别的吗？"我的问题让他松了口气。他从口袋里拿出一张清单开始念："两个塞口器，一米长的绳子，电刺激钳，一套尿管，一罐润滑剂……就这些！"

我俩像逛超市一样，提着货篮到处装货。随着篮子渐渐装满，我脑中开始勾勒这位顾客的圣诞夜。我想象他在餐桌上主菜的位置，像块烤肉一样被五花大绑，嘴里含着塞口器，就像现代版的口里塞苹果的烤乳猪。

购物清单刷完了最后一项，我们走向收银台。"是送人的吗？"收银台后的同事大着胆子问道。

"完全正确。可以每件商品分别包装吗？"

我同事以为他在开玩笑，只给了他几个礼品袋。结完账，顾客跟我告别。好人做到底，我说："您可以去FNAC书城看看，有家慈善组织提供免费包礼物的服务。"他生气的眼神让我明白我想得太天真了……

万事俱备，只待圣诞大餐了……

经典语录

您在这工作? 会有更好的机会的, 别担心。

试衣间在哪儿?
没有试衣间, 先生。
没有……那要叫我怎么办?

您能演示一下这个怎么用吗?

小一码的有吗?

眼神交流

一名顾客贪婪地看着充气娃娃。我走到他身边。他想买一个写实风格的娃娃，五官细腻，头发光滑。这是个浪漫的人。我默默地排除了大眼睛、大嘴巴造型的那类。我给他推荐了第一款，他赶忙摆手拒绝了。第二款的亮点是金发蓝眼，他有点犹豫地摸着下巴，转头用审视的目光看着我，然后又转头看看娃娃，他在做比较。最后他欢快地跟我说："你们两有点像呢。"

我既恼怒又有一丝开心，假装没听见这个歧视性的玩笑。接着，他凑近第三个还叠放在包装盒里的娃娃，斜眼瞅着她。几分钟过去，他一直盯着塑料娃娃空洞的眼睛。最后,他把盒子放回货架,失望地说:"我对她没有感觉。"

我的耐心用光了,我决定离这个一脸虔诚陷入沉思的怪人远点。

又过了几分钟,他不满地噘着嘴,一无所获地走了。

似曾相识

逛情趣用品商店的顾客最怕的就是被人认出来。每个人对这种恐惧有不同的处理方式：压低帽沿，深色墨镜，立起风衣领子遮住鼻子。另一些人，找不到更好的办法，索性就听天由命。

我在店里来回踱着步，眼睛盯着门口，等待顾客上门。进来两个人。突然，我的心跳停止了。因为这不是普通顾客，而是我以前的同事。我的第一反应是逃到一根柱子后面。但很快，我对自己的举动感到羞愧，躲起来太傻了，兴许他们需要我帮忙呢。我从我的躲藏处出来，向周围看了看。他在震动按摩器货架那里，一个人。我冲过去跟他打招呼。

时机选得实在太差了,因为,我来到他身边时,他正拿起一个展示的玩具并启动了它。玩具开始震动并旋转起来。

"你好啊?你在这干吗呢?"我招呼道。他吓得一哆嗦,玩具也差点脱手,还好被他给抓住了。"哎呀!居然在这里碰见你!"他慌张地说。一粒粒汗珠子从他额头上渗出来,显示他很紧张。他试图驯服手中扭动的粉色怪兽,把按键乱按一气。

"这玩意怎么关?"他嘀咕着。我把玩具拿过来关上,放回货架。"你来买情趣玩具吗?"我问。"啊那个,不不,完全不是,一点不相干。"他答道。他明显很尴尬,我感觉需要说点什么让他放心:"你随意噢,你完全可以给自己买件情趣玩具的。"这最后一句亲切的安慰反倒令他更不自在。他坚决地反驳说他不是来买情趣玩具的,而是为了参加一个化妆舞会寻找行头,而且现在还没找到合适的呢。"是吗,你想在情趣用品店里找行头,是不是来错地方了!"我讥讽道。

他的眼睛不停地瞟向我肩膀后边。跟他一起来的年轻女子就在我身后，她远远目睹着这一幕好戏，并不打算出头露面。为了缓和难堪的沉默，我把他们领到服装货架。看到一些装扮后他俩发出神经质的笑声，显然很不自在。迅速地逛了一圈，他俩觉得还是去专门出租派对用品的店里看看的好。我们简短地道别，他们立刻就脚底抹油了。

几周后的一场聚会上，我们又一次偶遇，我开心地过去打招呼。

他掏出手机给我看，说："别的先不说，我就是要告诉你我们找到合适的行头了。"他要向我证明他确实是为了这个目的才去了我们商店。

常客

在我的情趣用品商店打工生涯中,我遇到了很多人,其中一些成了常客。我慢慢地摸清了他们的脾性和需求。

下面是一个简短的介绍。

● 健忘者

"观影室在哪儿?"

"观影室被取消已经有一阵子了,先生。"

"可是牌子还在那挂着呢。"

这个男的一周来一次,每次问同一个问题。我算得是个有耐心的人，一开始，我还花时间跟他解释来龙去脉，并把他引向隔壁一家还有观影室的店。

几个星期后，我的耐心消耗完了，我的话越来越少。只用摇头来答复他询问的眼神。

● **散步者**

他们通常就住在我们店附近，没事就在货架间闲逛，寻找灵感。一对很迷人的小夫妻每周来店里一到两次，手挽着手，一排排货架看过去，偶尔在一个小玩意前停下，拿起来看看，看看颜色和他们的肤色搭不搭，就像我们在服装店里试裙子一样，然后把商品失望地放回原位。

他们只是溜达，从来什么也不买。他们第二次来时，我就已经放弃向他们推销任何东西了。我觉得他们只是想聊天而已。我们谈天气，谈工作，谈这片街区里人们的生活。找不到话题就各干各的去。

● **换女人的男人**

每周六晚上,他都带一个新的女人过来,尽管多数都是金发大胸的类型。在红磨坊吃过晚餐看完表演,这对一夜情人就来店里买东西了。性感内衣,各种道具,润滑剂,避孕套,每次都差不多。这对他就像个宗教仪式一样,雷打不动。

他们竟敢……

送我礼物

阿尔封斯·阿莱[1]说过:"不要问我多大年龄,因为它总在变化。"这变化今天轮到了我头上。一到店里,货架间所有同事都对我说生日快乐。我礼貌地表示感谢,被这一出弄得有点不好意思。

这个消息没有逃过我当日第一个顾客的耳朵,他连忙向我祝贺。我才来得及道声谢,他就说要送我一份生日礼物。我友好地谢绝了,想赶紧转换话题,可他坚持要送,还要亲自挑选。

我对这个操之过急的慷慨行为并不感冒,试图把他引回购物的正道。根本没用。于是我放弃了,任他在店里转悠。几分钟后,他打断了正在接待其他顾客的我,说经他充分发挥想象力,已经准备好一份礼物放在收银台了。我一边感谢一边暗中祈祷他选了个低调的东西。收工后,我拆开礼物。这家伙送了我一个钢质的肛塞,上边镶着个假的黑钻。

低调到家了!

---

1 Alphonse Allais(1854—1905),**法国作家,幽默大师**。

猫儿不在家……

情人节将至,情侣们都来买东西,为14号的疯狂之夜做准备。我有点讨厌这种肤浅的过节方式,店里为了迎合节日所做的甜腻的布置让我很无奈。我决定专注于工作,忘掉这些黏黏糊糊的东西。

一对情侣冲我招呼,手里拿着两套情趣装扮。女的问我能否去试衣间试一下,我说当然可以,给她指了指试衣间的位置。她朝我指的方向走去,她的男朋友紧随其后,一边还盯着我看。

几分钟后,他们回到我身边,似乎在"小红帽"和"女警察"之间犹豫不决。听了我的建议后,他们决定要"女警察"。

女的问我那些不随衣服赠送的道具在哪儿,于是我又向他们推销了一款坚固的手铐,他们很喜欢。男的略显淫荡地问我还有没有别的建议,我推荐了一根马鞭子,专门用来教训小流氓。

女的听从了我的建议,向我表示感谢,然后拿着东西去收银台结账。她的男伴跟在后面,但每隔一会就回头朝我笑笑,不像有什么好心思。

我继续忙我的,去招呼其他顾客。一小时后,店里空了。我给自己找了点事做,打发时间。

有人拍了拍我肩膀,我转过身,发现竟然是那个色眯眯的男的,一个人。他解释说刚一回到家他俩就意识到忘了买警帽。我装作不理会这奇怪的巧合,去拿他要的警帽,然后递给他,并对之前忘了这个细节表示歉意。

"为了取得我的原谅,跟我一起去喝杯咖啡如何?"

"带还是不带您的女朋友?"我回敬道,脸上挂着胜利的微笑。

他乱了阵脚,拿着帽子夹着尾巴走了。

"嗜血法医"

一个穿米色雨衣的男人进来后也不跟任何人打招呼,直接冲向店堂深处。他回头检查有没有其他顾客在看他——没有。

他咬着指甲端详着店里的商品,眼神中带着羞愧。我走过去,问他是否需要帮助。他太过专注于货架上的商品,以至于被我的到来吓了一跳。豆大的汗珠从他的额头上冒出来,我明白他一定很不自在。他的声音有些颤抖:"我想跟一位男士说话。"

我不满地噘着嘴,去店堂另一头找我的同事。他立刻跑去接待。雨衣男的态度让我很生气,我往空气中踢了一脚,回到我的角落小声咒骂,不过仍然用眼角余光看着他镇定自若地和我的男性同事在那里交流。

三刻钟过去，他们俩还在讨论，貌似相处得十分愉快。一阵笑声很快就传入我的耳朵。我同事友好地拍了拍他的肩膀，然后跑过去请示主管。主管和我一样，也在另一头远远地注视着这一切。

现在，我脑子里一堆问号：他到底卖给这个顾客什么东西？为什么主管突然这么高兴？

我同事把几个大号箱子搬到店面后的仓库，顾客则出去打了个电话。这回，我实在忍不住了，跑过去问主管到底怎么回事。他开心地跟我说那名同事刚刚做成了一单大买卖，他要把商品装进塑料袋，这样更加隐蔽。

"他卖了什么？"

"一堆零件。"主管调侃说。

我来到仓库，发现同事正在拆包装。地上有三个大纸箱敞着口。第一个里边装着硅胶的女性上半身，第二个装着一对丰满的屁股蛋，第三个更是乱，装着一双腿。

这个顾客买了一个散装的假人……面对我的惊讶，同事对我说："他喜欢分格子……"

一辆出租车停在店门口等待。同事把三个大垃圾袋一样的黑袋子装到后备厢。顾客对他连连道谢，打开车门时还对我露出胜利的微笑。真是大不敬，他居然剥夺了我参与这次古怪销售的机会。

职业风险

　　一个年轻男子永远记得自己最痛苦的一次使用按摩油的经历。

　　气氛火热,伴随着充满挑逗意味的催情精油按摩……

　　很舒服,很放松,有点热……非常热,热过头了。他的后背冒出大片鲜红的荨麻疹。喏,激情就是这样冷却下来的。

一搭一唱

一个无聊的晚上,我眯起一只眼睛打量着空荡荡的店堂:一个人也没有。我叹了口气,低头看着自己的脚,像游魂一样在货架间飘荡。这时进来了两个男青年,吸引了我的注意。我仔细端详他们。

一个看起来像古希腊的美男子。白皙的皮肤,光滑无须,深邃的眼神,顶着一头精心修饰成蓬乱随意的头发。

另一个眼神充满诱惑,看到我时笑了一下。他身上的衬衫微微敞开,牛仔裤在膝盖开着洞。

第一个来到我面前,让我把这里卖的最稀奇的玩意给他看。他的双眼因一种不可思议的快乐而兴奋。

我兴致勃勃地从面前的货架入手，拿了一件胃口再大的用户也能满足的超大号玩具，带着胜利的微笑递给他们。那东西看上去就像从三流科幻片里直接抠出来的一样，仿佛一条粉色的大肉虫，大得离谱，上面暴起的血管粗得可以和运动场上那些禁药王媲美。这只塑料大怪物先是在查理——他是乐手——的手里颠来跳去，然后被他递给了瓦伦汀——他是个年轻的剧作家。瓦伦汀露出叹为观止的敬畏神情，哧哧笑着用纤细的手指在上面来回划着。他们一个拿着这根软塌塌的大棍子假装痛揍另一个。我们抑制不住地大笑起来。他们来了兴致，开始参观全店。我领着他们在货架间转悠，像导游一样一本正经地给他们讲解："在您的左边，请欣赏腰带式仿真玩具……"

但我的主管向我做了个手势，示意"课间休息"结束。我跟玩伴们告别，依依不舍地回到工位。

走之前，查理草草地把他的姓名电话写在一张纸条上递给我。一段长久、真诚的友谊从此起步，我们后来成了密不可分的"三剑客"。

以假乱真

店里的货架上摆满了各种商品。不同颜色、形状和类别的包装一个挨一个，令人眼花缭乱。

夜班店员空闲时间较多，会收拾、整理一下货架，把白天营业时弄乱的商品各归其位摆摆整齐。

鉴于有些顾客动作比较粗鲁，店里规定不让顾客自己打开包装查看商品。为了不让他们失望，营业员会主动提议帮他们打开包装看个究竟。

有时，见到商品的真面目，顾客会被吓跑：太大，太吓人，太粉嫩……

不过对于一件商品，这种销售技巧可谓无往不利。

仿真阳具货架堪称男性生殖器的万神殿，各种形状、颜色的款式在这里都能找到，其中就有一件颇为特别的畅销产品。

乍一看，它就像个超大尺寸的传统款仿真玩具。打开包装时会有一股强烈的塑料味，但它天鹅绒般的质感能让人即刻忽略这一不适。不再是硅胶涩涩的感觉，而是如丝缎般光滑。我曾向一位犹豫不决的女顾客展示这款淡粉色的玩具。我一把它拿在手里，舒适感立刻布满每个手指头。我一边把它递给顾客一边介绍："它不咬人，放心吧。"

她有些不安，迟疑地伸出几乎有些颤抖的手，仿佛准备去抚摸一只狼蛛。而触碰到玩具的一刹那，她脸上的恐惧瞬间消失，取而代之的是一个大大的微笑。

"太神奇了，摸上去比真的还舒服。"她一边大胆地抚摸着玩具一边说，好像要让它像小猫一样发出满足的呼噜声。

我介绍说这是一种叫"超肤感"的材料，顾名思义，能高度还原人类皮肤触感。顾客十分满意，立刻成交，揣着新宠走了。

结　语

衷心希望读者们能够喜欢本书。我想通过我的描述，为大家呈现一个极为多元的平行时空。我周围大多数人都说从未去过情趣用品商店。面对我的"为什么？"，他们的回答五花八门，有的说害怕偶遇自己的上司，有的说不敢和陌生人谈自己的性生活，有的说对于使用情趣玩具有心理障碍……不胜枚举。

一位朋友对我说他"不需要这种东西"。对此我想说的是，这不是一个需不需要的问题，而是想不想的问题。想不想有另类的性体验，放飞自己的性幻想。

大多数人的回答与性商店几十年来形成的坏名声不无关系。在集体想象中，性商店总是与淫荡的老板、多重身份的女店员、令人面红耳赤的橱窗联系在一起。我不否认,这类情况一定存在过,而且未必彻底绝迹,但是我可以肯定地说,现在它们与其说是现实,更接近一种都市传奇。为什么这样说?

因为顾客群体发生了变化。近几年,性解放的步伐不断向前迈进,关于两性的信息随处可见:互联网,杂志,智能手机……

乘着"不拘束,不过度"的浪潮,"性商店"的说法逐渐过时,日益被听上去更温柔的"情趣用品商店"所替代。

人们只谈爱,不再谈性;即便谈爱必谈性,也仅仅是点到为止。

商店橱窗更加精美,厚重的门帘被自动门所取代,产品更加精致。这种"消毒"之举确实是有益的,但也让我感到有点不舒服。

那些性暗示过强的、粗俗的玩具都堆在商店最里边暖气片旁边的角落里,和滞销产品放在一起。而那些充满设计感、照顾到女性需求的产品则摆在最显眼的地方卖弄风姿。

怎能如此禁锢这样一件无比重要、与每个人切身相关、深刻的事情呢?

我所就职的商店商品丰富,顾客群体多样。我非常喜欢把那些看上去不可思议的、超大尺码的东西卖给随便哪个男人,把乳胶连体塑身衣和塞口器卖给健身教练,把小黄片卖给女士……我喜欢这种多样性,这些奇妙的邂逅,这些只有在陌生人之间才有可能的惊人对话。

致 谢

衷心感谢文森特，让我结识了两位出色的编辑。
感谢两位编辑的信任，感谢他们的耐心和支持。

感谢我的同事，他们让我度过了一个个不可思议、难以忘怀的夜晚。
感谢我的家人和朋友给我的鼓励和建议。
感谢我所有的顾客，没有他们的荒唐、率直和配合，就没有这本书的诞生。
感谢毕加勒，容纳了这样一群稀奇古怪、疯疯癫癫，但给人以无穷启迪的生物。

感谢你们，我的读者，希望没有令你们失望。

图书在版编目（CIP）数据

我怎么就不能在那里打工？/(法)玛丽·当布瓦涅著；郭鑫译. -- 上海：上海文艺出版社，2023
（亲历）
ISBN 978-7-5321-8560-3

Ⅰ.①我… Ⅱ.①玛… ②郭… Ⅲ.①故事－作品集－法国－现代 Ⅳ.①I565.45
中国国家版本馆CIP数据核字(2023)第030862号

MARIE DAMPOIGNE
Et ça, ça se met où ?
Copyright © Éditions de l'Opportun, 2017
Published by special arrangement with Les Éditions de l'Opportun in conjunction with their duly appointed agent 2 Seas Literaty Agency and co-agent The Artemis Agency
Simplified Chinese edition copyright © 2023 Shanghai Literature & Art Publishing House
All rights reserved.
著作权合同登记图字：09-2020-158

发 行 人：毕　胜
责任编辑：赵一凡
封面设计：朱云雁

书　　名：我怎么就不能在那里打工？
作　　者：[法] 玛丽·当布瓦涅
译　　者：郭　鑫
出　　版：上海世纪出版集团　上海文艺出版社
地　　址：上海市闵行区号景路159弄A座2楼　201101
发　　行：上海文艺出版社发行中心
　　　　　上海市闵行区号景路159弄A座2楼206室　201101　www.ewen.co
印　　刷：上海中华印刷有限公司
开　　本：889×1194　1/32
印　　张：4.5
插　　页：3
字　　数：60,000
印　　次：2023年9月第1版　2023年9月第1次印刷
I S B N：978-7-5321-8560-3/I.6745
定　　价：39.00元
告 读 者：如发现本书有质量问题请与印刷厂质量科联系　T:021-69213456

亲历

萤火虫的勇气
我在儿科重症当心理师

海下囚途
豪华邮轮底舱打工记

笑着告别
法国殡葬师另类回忆录

我怎么就不能在那里打工?

即将推出(书名暂定)

舒伯特绷带

狍子人